Chers amis r...
bienvenue dans

Geronimo Stilton

D0859986

Texte de Geronimo Stilton
Illustrations de Larry Keys *et* Topika Topraska
Couverture de Larry Keys
Maquette de Merenguita Gingermouse
Traduction de Titi Plumederat

Les noms, personnages et intrigues de Geronimo Stilton sont déposés. Geronimo Stilton est une marque commerciale, licence exclusive des Éditions Piemme S.P.A. Tous droits réservés. Le droit moral de l'auteur est inaliénable.

www.geronimostilton.com

Pour l'édition originale :
© 2000 Edizioni Piemme S.P.A. – Via del Carmine, 5 – 15033 Casale Monferrato (AL) – Italie
sous le titre *L' hai voluta la vacanza, Stilton ?*
Pour l'édition française :
© 2005 Albin Michel Jeunesse – 22, rue Huyghens – 75014 Paris – www.albin-michel.fr
Loi 49 956 du 16 juillet 1949 sur les publications destinées à la jeunesse
Dépôt légal : premier semestre 2005
N° d'édition : 16016/5
ISBN 13 : 978 2 226 15663 1
Imprimé en France par l'imprimerie Clerc à Saint-Amand-Montrond en février 2008

La reproduction totale ou partielle de ce livre est absolument interdite, de même que sa diffusion dans des réseaux informatiques, sa transmission, sous quelque forme que ce soit, et par quelque moyen que ce soit – électronique, mécanique, par photocopie, enregistrement ou tout autre méthode –, sans autorisation écrite du propriétaire du copyright.

Stilton est le nom d'un célèbre fromage anglais. C'est une marque déposée de Stilton Cheese Makers' Association. Pour plus d'information, vous pouvez consulter le site www.stiltoncheese.com

Geronimo Stilton

DRÔLES DE VACANCES POUR GERONIMO

ALBIN MICHEL JEUNESSE

GERONIMO STILTON
SOURIS INTELLECTUELLE,
DIRECTEUR DE *L'ÉCHO DU RONGEUR*

TÉA STILTON
SPORTIVE ET DYNAMIQUE,
ENVOYÉE SPÉCIALE DE *L'ÉCHO DU RONGEUR*

TRAQUENARD STILTON
INSUPPORTABLE ET FARCEUR,
COUSIN DE GERONIMO

BENJAMIN STILTON
TENDRE ET AFFECTUEUX,
NEVEU DE GERONIMO

AS-TU JAMAIS EU
À TE PLAINDRE
DE MES CONSEILS ?

Cela faisait un petit bout de temps que je mourais d'envie de prendre des vacances : j'avais trop travaillé. C'est ainsi que, ce matin-là…

Oh, excusez-moi, je ne me suis pas présenté !

Mon nom est Stilton, *Geronimo Stilton !*

Je suis directeur de *l'Écho du rongeur*, le quotidien le plus diffusé de l'île des Souris !

Bien bien bien…
je vous disais
donc que j'avais
v r a i m e n t
besoin
de vacances.

Je rêve de vacances

Aussi, ce matin-là, en allant au bureau, je m'attardai devant les vitrines des agences de voyage, j'admirai ces plages de sable blanc, ces cocotiers, ces vaguelettes cristallines qui donnent envie de se baigner…

Je soupirai. Oui, j'avais vraiment besoin de me couper de tout et de tous pendant quelque temps. J'allais pousser la porte de la meilleure agence de Sourisia, AU RAT VOYAGEUR , quand je tombai sur mon cousin Traquenard.

— Youhou, **cousin** ! Comment va ? Alors, ça tourne bien rond ? Qu'est-ce que tu fais dans le coin, le museau collé à cette vitrine ? chicota-t-il en me faisant un clin d'œil.

– Euh, j'allais réserver pour des vacances...
Il me donna une grande tape sur l'épaule d'un air de supériorité.
– Tu es vraiment une souris vernie, cousin !
Tu as  devant toi le plus

GRAND

spécialiste des voyages de toute l'île des Souris. Je vais t'indiquer la meilleure des agences !
– Euh, merci, c'est très gentil de ta part, mais je préfère aller **AU RAT VOYAGEUR** ... répondis-je.
Il prit l'air vexé.
– **Quoiiii ?** As-tu jamais eu à te plaindre de mes conseils ? Tu sais, je m'y connais, moi. Alors que toi, excuse-moi de te le dire... en voyage, *tu n'y comprends croûte...*

T'AS CONFIANCE OU T'AS PAS CONFIANCE ?

Mon cousin sortit son téléphone portable et se mit à hurler :

- FRIPOUILLON ? C'EST TOI, FRIPOUILLON ? ICI, TRAQUENARD... ALORS, ÇA BAIGNE ?

Débouche-toi bien les oreilles, mon cher Fripouillon : je vais t'amener mon cousin, Geronimo Stilton, pour des *vacances de rêve*... Oui oui oui, tu as parfaitement compris : mon cousin. Comment tu dis ? Non, ce n'est pas une souris bourlingueuse, son plus grand voyage, c'est le tour du pâté de maisons en autobus, tu vois le gars, *enfin le rat*, il n'y comprend croûte en voyage, pas de chasse aux REQUINS ou de trekking à huit mille mètres d'altitude, trouve-lui une excursion pépère, genre parasol transat pédalo et compagnie, comme ça, le pire qui puisse lui arriver, c'est un **coup de soleil** sur la queue, *ha ha haaa*, non, il ne me ressemble pas du tout, mais ce n'est pas sa faute, Fripouillon, tout le monde ne peut pas avoir la chance de me ressembler, *ha ha haaa*, eh oui, alors tu as pigé ? Pour le prix, bien sûr, ne te gêne pas, tu peux lui donner le coup de massue, de toute façon il est plein aux as... mais traite-le bien, hein ? Après tout, c'est un parent (même s'il n'en a pas l'air). Traquenard raccrocha, satisfait.

– Fripouillon t'attend !
Je protestai :
– Excuse-moi, mais ce n'est pas très aimable de prétendre que je n'y comprends croûte aux voyages… et tu n'aurais pas dû dire que j'étais plein aux as…
Il prit de nouveau l'air vexé.

– Geronimo, aïe aïe aïe…

Je ne t'aurais pas cru aussi **RADIN** ! Aussi pingre ! Aussi grigou !

J'allais lui dire que je ne voulais pas aller chez son ami, que j'avais réfléchi, que je n'étais plus aussi sûr de vouloir partir, quand je m'aperçus que nous étions arrivés devant l'agence de voyage. Je levai les yeux pour lire l'enseigne :

Je jetai un coup d'œil à travers la vitrine et découvris un gars, *ou plutôt un rat*, à la mine PATIBULAIRE, vautré dans un fauteuil en osier, les pattes posées sur son bureau...

... un gars, ou plutôt un rat, à la mine patibulaire...

HELLO, GERONIGO ?

Le gars, *enfin le rat*, portait des lunettes de soleil (alors que nous étions en PLEIN HIVER), était très très bronzé (alors que nous étions en PLEIN HIVER), arborait une chemise hawaienne à fleurs jaunes et violettes et un bermuda (alors que nous étions en PLEIN HIVER).

Il avait un bandana couleur jaune fromage noué autour du front, comme un pirate, et même un catogan !

Je remarquai un tatouage sur son avant-patte droite : c'était une sirène, avec l'inscription Aloha !

Au cou, il avait un collier de dents de requin, et, au poignet, une multitude de bracelets de perles colorées. Il portait un petit diamant au museau et cinq boucles d'oreilles d'argent à l'oreille droite. Comme il se léchait les moustaches après avoir bu une tasse de chocolat chaud, je remarquai qu'il avait aussi un piercing sur la langue !

À l'intérieur de l'agence flottait un vague parfum d'encens. La décoration était des plus bizarres. Çà et là étaient accrochés des objets étranges, sans doute des souvenirs de voyages : une **ÉNORME** tête de chat (fausse) empaillée, un arc avec des flèches sous lesquelles était punaisée une étiquette :

ATTENTION,
FLÈCHES EMPOISONNÉES !

Je vis aussi une collection de petits fromages exotiques et un hamac en feuilles de bananiers tressées. Certains objets étaient vraiment de très **MAUVAIS GOÛT**, comme cette radio-sombrero en plastique jaune, incrustée de paillettes et de strass, qui diffusait à plein volume la chanson **LA COCARACHA**. Sur le bureau, je remarquai une lampe en forme de gondole qui clignotait et sur laquelle il était inscrit

Souvenir de Venise...

Il y avait aussi une boule de verre contenant la reproduction d'une ville sous la neige et mille autres bibelots de mauvais, de très mauvais goût...

J'allais avouer à Traquenard que j'avais changé d'avis, quand mon cousin me poussa à l'intérieur et s'écria, d'une voix tonitruante :

–FRIP ? COMMENT VA, SACRÉ VIEUX FRIP ?

L'autre cria à son tour :

– TRAC ! SACRÉ VIEUX TRAC ! BIENVENUE, ASSOCIÉ !

Mon cousin lui adressa un clin d'œil, comme pour lui faire un signe d'intelligence, *mais pourquoi donc ?*

Fripouillon enleva ses lunettes de soleil et lança d'une voix très forte :

– HELLO, GERONIGO (TU T'APPELLES GERONIGO, PAS VRAI ?) !

Je le corrigeai :

– Euh, mon nom est Stilton, *Geronimo* Stilton.

Il tendit la patte, en faisant

T I N T I N N A B U L E R ses bracelets.

– Assieds-toi, assieds-toi, Geronigo (tu t'appelles Geronigo, pas vrai ?), j'ai tout de suite compris ce qu'il te fallait, *amigo*, il m'a suffi de te regarder, j'ai le coup d'œil professionnel, j'ai justement l'endroit qui va te convenir, *t'as confiance ou t'as pas confiance ?* C'est un voyage de première, Geronigo, même le prix, *first class*, puisque mon associé a dit que tu étais plein aux as !

De nouveau, Traquenard lui fit un clin d'œil et un signe d'intelligence, *mais pourquoi donc ?*

Je murmurai : – Pour commencer, mon nom est Stilton, Geronimo Stilton, et puis, euh, excusez-moi, mais j'ai, euh, j'ai changé d'av...

Traquenard ne me laissa pas terminer et chicota :

– Frip, j'insiste, il faut ce qu'il y a de mieux pour mon cousin (après tout, c'est lui qui paie, ha ha ha !), tu me le fais partir tout de suite, sinon il va changer d'avis, je le connais, ce gars-là, *enfin ce rat-là*, tu as bien un départ demain soir ou, mieux, demain matin, que dis-je ? ce soir...

J'essayai de protester :

– Demain ? Ce soir ? Mais... et les bagages ???

FRIPOUILLON m'interrompit :

– Mais on s'en moque, des bagages ! *T'as confiance ou t'as pas confiance ?* Là où je t'envoie, *my dear* Geronigo (tu t'appelles Geronigo, pas vrai ?), un maillot de bain te suffira, tout ce que tu dois prendre, c'est une brosse à dents et puis... *Hasta la vista !*

À S'EN LÉCHER
LES MOUSTACHES...

J'ouvris la bouche pour lui répéter que mon nom est Stilton, *Geronimo* Stilton, mais il s'était mis à pianoter comme un malade sur le clavier de son ordinateur, et il hurlait des noms, des horaires, des chiffres en rafale :

– Départ à 19 h 25, arrivée *Isla Souritas-Puerto Patraco* à 20 h 56, transfert 23 h 45, arrivée hôtel *Las Trouaras* 0 h 25...

J'essayai de l'arrêter, mais mon cousin prit une brochure en couleurs et commença à lire d'une voix tentatrice : – Chambre avec vue sur la mer... pension complète, complètement complète, tu te rends compte, y compris l'apéritif bio... cuisine typique de l'endroit, ça doit être délicieux, à s'en lécher les moustaches,

sacré veinard, tu es vraiment un rongeur chanceux...
écoute écoute écoute, il y a tout dans cet hôtel,
même une boutique de souvenirs...
le transfert « personnalisé »
est compris dans le prix...

Il m'ÉTOURDISSAIT. Je n'arrivais pas à écouter Fripouillon et Traquenard en même temps !

En plus, la radio continuait de m'assourdir en fond sonore : **LA COCARACHA… LA COCARACHAAAAAAAAAAA…**

Fripouillon me posa une question et je commençai à répondre :
– Euh, j'ai *décidé…*
Je voulais dire : « *J'ai décidé de ne pas partir !* », mais Fripouillon tapota très **RAPIDEMENT** mon nom sur son clavier et cria en jubilant :
– **Adjugé !** Je t'ai réservé une place, Geronigo (tu t'appelles Geronigo, pas vrai ?), rendez-vous dans deux heures à l'aéroport… *te gusta ?*

Tandis que la radio continuait de jouer *la cuca-racha, la cucarachaaa...* je chicotai, **inquiet** :

– Quoi quoi quoi ? Mais moi, je disais au contraire que *j'ai décidé de ne pas partir !*

Il se lissa les moustaches en secouant la tête :

– *Nada*, ça ne se fait pas, ça, Geronigo (tu t'appelles Geronigo, pas vrai ?), tu as dit *j'ai décidé*, mon associé t'a entendu...

Traquenard lui fit un clin d'œil en signe d'intelligence, *mais pourquoi donc* ?

Mon cousin s'écria d'une voix très forte :

– Ohé, tu ne vas pas me faire honte, quand même, hein, cousin ?

Tu as décidé, je l'ai parfaitement entendu !
Allez, ne sois pas **TROUILLARD**, je
suis sûr que tu vas bien t'amuser, tu es vraiment
un souriceau chanceux !
J'essayai de protester, mais Traquenard me pinça
la queue.
– Allez allez, cousin, dépêche-toi, va chercher ta
brosse à dents et ta crème solaire, puis file à l'aéroport, mais avant, n'oublie pas de *payer*, hein ?

De nouveau, il fit un clin d'œil en signe d'intelligence, *mais pourquoi donc* ?

L'autre, souriant sous ses moustaches, me glissa **RAPIDEMENT** une facture sous la patte pour que je la signe, en murmurant :

— *Et voilà !*

JE BLÊMIS EN DÉCOUVRANT UN PRIX ASTRONOMIQUE !

ALLEZ, OUSTE,
RAPIDE COMME UN RAT !

– **Quoiii ?** C'est ce que coûte une semaine de vacances ? Euh, ce n'est pas… enfin, ce n'est pas un peu cher ?

Traquenard me regarda d'un air apitoyé en secouant la tête.

– On voit que tu n'as pas l'habitude de voyager, cousin… On voit que tu n'y comprends croûte, aux voyages. Tu as de la chance d'être tombé ici, dans l'agence de mon ami, sinon tu te serais couvert de ridicule…

Fripouillon me regarda d'un air supérieur.

– *Amigo*, si tu ne peux pas t'offrir ces vacances, *no problem*, mais tu aurais pu le dire plus tôt, cher Geronigo (tu t'appelles Geronigo, pas vrai ?), de

toute façon les rongeurs qui ont des difficultés
financières peuvent payer par mensualités...
Je suis timide et devins **rouge**,
ou plutôt **écarlate**.
Je ne voulais pas me **ridiculiser** !
– Pour commencer, mon nom est Stilton,
Geronimo Stilton, ensuite, euh, je n'ai pas de
difficultés financières, je disais seulement
que, euh, enfin, c'était peut-être un peu
cher, mais si c'est un bel endroit, ça
vaut sûrement, euh, certainement naturellement évidemment...
Traquenard me donna une grande tape
sur l'épaule.
– O.K. d'accord, cousin, je préfère ça ! Et maintenant, allez, ouste, *rapide comme un rat*, sinon
tu vas rater ton avion !
Fripouillon cria :
– *Bon voyage... buon viaggio... auf Wieder-
sehen... hasta la vista... sayonara...* Geronigo !

Sur le seuil, Traquenard se retourna et fit à Fripouillon un clin d'œil en signe d'intelligence, *mais pourquoi donc* ?

Trente-cinq minutes plus tard, j'étais à l'aéroport, **essoufflé** et même très ému.

Mon voyage allait commencer ! Avant de partir, je téléphonai à ma sœur Téa, envoyée spéciale de *l'Écho du rongeur,* pour lui recommander de s'occuper du journal pendant mon absence.

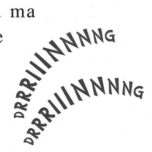

Puis j'appelai aussi mon neveu préféré :

– Allô, Benjamin ? Je pars en vacances !

– Amuse-toi bien, oncle Geronimo ! Tu me raconteras tout à ton retour...

LOS DESPERADOS ENCORA VIVOS

Enfin, je montai dans l'avion. Hummm, il avait l'air plutôt mal fichu. Pour faire tenir plus de passagers, on n'avait laissé que quelques centimètres entre les rangées de sièges et j'avais pratiquement les genoux dans la bouche !

Le nom de la compagnie n'était pas non plus très engageant : elle s'appelait L.D.E.V. (LOS DESPERADOS ENCORA VIVOS).

Je me retrouvai assis entre une vieille dame et une petite souris de six ans environ, qui voyageait avec sa maman.

La vieille dame était très émue et, quand les moteurs commencèrent à tourner, elle poussa un .

– Scouiiiiitt ! **Quelle émotion !**

Puis elle demanda, tout **excitée** :

– Jeune souris, avez-vous déjà pris l'avion ?

Je m'éclaircis la voix et répondis, d'un air important :

– Bien sûr, madame, j'ai déjà pris l'avion plusieurs fois…

Elle me murmura à l'oreille :

– Vous savez, moi, c'est la première fois…

J'eus un sourire rassurant.

– Vous verrez, madame, tout se passera bien !

L'affreux jojo de souriceau assis à côté de moi profita d'un moment de distraction pour me piquer le bonbon au roquefort que l'hôtesse de l'air venait de m'offrir.

Je restai comme une souris abasourdie.

– Pipo ! Rends tout de suite ce bonbon au monsieur ! cria sa mère.

*L'affreux jojo de souriceau
me piqua mon bonbon…*

Il ricana, puis sortit de sa bouche le bonbon tout mâchouillé :

– Tu le veux ?

Dégoûté, je fis signe qu'il pouvait le garder.

Il le fourra de nouveau dans sa bouche et chicota, ravi :

– Hummm, j'adore les bonbons au roquefort !

J'essayai de me détendre (après tout, j'étais en vacances !), mais Pipo commença à me HARCELER.

 – Pourquoi Puerto Patraco s'appelle Puerto Patraco ? Pourquoi l'avion, il a deux moteurs et pas quatre ? Pourquoi l'hôtesse, elle porte un uniforme bleu ? Pourquoi les toilettes de l'avion, elles font du bruit quand on tire la chasse d'eau ? Pourquoi il y a des gilets de sauvetage sous les sièges ? Pourquoi la moquette de l'avion, elle est bleue et pas rouge ? Pourquoi tu as une tête de nigaud ?

Je n'en pouvais plus.

Sa maman secoua la tête d'un air attendri.

– Il est si curieux, ce petit bijou, il veut toujours tout savoir ! Il a une telle soif d'apprendre !

Je fis un petit sourire de politesse et essayai de m'endormir. Le souriceau AFFREUX JOJO recommença, à voix basse :

– Pourquoi on ne peut pas ouvrir les hublots de l'avion ? Pourquoi ils passent ce film et pas un autre ? Pourquoi l'hôtesse, elle n'a toujours pas servi le repas ? Pourquoi il faut attacher sa ceinture de sécurité ? Pourquoi tu portes ces lunettes RIDICULES ?

Pour m'isoler, je mis le casque afin d'écouter de la musique.

– ON PEUT DIRE QU'IL VOUS TROUVE SYMPATHIQUE !

cria sa mère, attendrie.

Pipo ricana.

– Pourquoi je ne peux pas me lever pour aller

aux toilettes maintenant ? Pourquoi ils ont allumé le signal « Attachez vos ceintures » ? Pourquoi ce monsieur, il se met le doigt dans le nez ? Pourquoi il y a des nuages ? Pourquoi l'avion, il tient dans l'air sans tomber ?

Il me dirigea un jet d'air froid sur le museau.

– Pourquoi c'est écrit AIR CONDITIONNÉ ?

Il monta au maximum le volume de la musique dans mon casque.

– Pourquoi, sur la radio, c'est écrit MIN et MAX ?

Puis il trottina jusqu'à la cabine de pilotage en hurlant sauvagement :

– Pourquoi j'ai pas le droit de piloter, moi ?

Sous le regard ahuri du commandant de bord, Pipo se jeta d'un bond sur le manche à balai, et il allait s'en emparer quand l'hôtesse l'attrapa par la queue. Scouittt ! Il était temps…

UNE TOMATE
FUSÉE

L'hôtesse commença à servir le repas.

Je grignotai un cracker : on aurait dit du carton.

Je goûtai la **mOUSSe** de roquefort, mais elle avait un goût de moisi.

Je tentai de me consoler avec la tartine au saint-nectaire, mais ça ressemblait à de la craie !

Quand j'essayai de couper le blanc de poulet, il gicla de sous mon couteau, comme s'il était en caoutchouc, et, tout **DÉGOUTTANT** de sauce, se glissa dans ma poche.

Je voulus trancher la tomate qui était servie en accompagnement, mais elle partit comme une fusée et alla taper en plein dans l'œil droit du rongeur assis devant moi.

Tous les passagers me regardèrent, effarés.

Pour me donner une contenance, j'avalai une gorgée de café, mais on aurait dit du jus de chaussettes !

Je regardai distraitement le film policier qu'on nous projetait.

Tous les passagers avaient les yeux rivés à l'écran et suivaient le film avec intérêt.

Pipo me demanda à voix basse :

– Pourquoi ce type habillé en facteur, il apporte cette lettre ?

Je répondis distraitement :

– J'ai déjà vu ce film. Le type est déguisé en facteur, mais, en fait, c'est lui, L'ASSASSIN...

Pipo s'écria d'une voix tonitruante :

– Écoutez tous, l'assassin, c'est le facteur !

C'est le monsieur assis à côté de moi qui me l'a dit !

Tous les passagers me lancèrent des regards de haine.

J'avais honte !

L'avion commença à vibrer.

– Mesdames et messieurs les rongeurs sont priés d'attacher leur ceinture de sécurité ! annonça le commandant de bord.

La petite vieille me demanda :

– Que se passe-t-il ?

– Rien, rien, madame ! Nous traversons simplement une zone de turbulences.

Elle sourit et se détendit.

Dix minutes plus tard, les turbulences n'avaient pas cessé. Je commençai à avoir un teint **verdâtre**.

L'avion TRESSAUTAIT de bas en haut, tantôt il plongeait, tantôt il se redressait et s'inclinait sur la droite ou sur la gauche, et mon

**Les 8 étapes
du mal de l'air**

1. Regard absent...

2. Pâleur cadavérique,
sueurs froides...

estomac protestait avec des **gargouill**is qui ne promettaient rien de bon !

Cependant, la petite vieille papotait comme si de rien n'était :

– Quand on arrivera, je me précipite sur une bonne tranche de roquefort meringué, je sais que c'est une spécialité de l'île... et je veux aussi goûter le pâté d'oignons en croûte, il paraît que c'est excellent... Avez-vous jamais goûté la soupe de poulpe à

3. Crampes d'estomac...

4. Yeux écarquillés,
teint vert sauge...

l'ail qu'on prépare à Puerto Patraco ? Et les boulettes de truffes au camembert ? On dit que c'est un *régal* !

– Ne me parlez pas de nourriture, par pitié ! voulais-je lui demander, mais je n'avais même plus la force de parler...

Désespéré, je cherchai à tâtons le sachet de papier devant moi, mais je découvris avec HOR-REUR qu'il n'y en avait pas ! Du coin de l'œil, je remarquai que

8. *Scouittt !*

7. Joues gonflées comme des ballons...

5. Teint vert lézard...

6. Teint vert pistache, augmentation de la salivation...

c'était Pipo qui me l'avait pris pour jouer : il en avait fait un avion en papier !

J'aurais voulu lui arracher les moustaches tant j'étais **DÉSESPÉRÉ**, mais je n'en avais pas la force.

– Un sachet ! Qui peut me prêter un sachet ? Je dois rendre ! Vite !

Maintenant ! Tout de suite ! Au secouuuurs ! Je dois reeeeendre !

hurlai-je d'une voix très forte.

J'avais honte !

Tous les passagers me jetèrent des regards pantois.

L'hôtesse arriva en courant.

Mais je m'étais ridiculisé de toute façon…

Enfin (après un voyage qui me parut interminable), nous atterrîmes à l'aéroport de Puerto Patraco.

... il en avait fait un avion en papier !

Puerto
Patraco

J'allai récupérer mes bagages.

Dans une pagaille atroce…

… **UN ÉNORME PORTEUR**

avec des tresses rasta me roula sur la queue avec un chariot chargé de valises (mais il était tellement musclé que je n'osai pas protester)…

... une dame m'écrasa la patte gauche et me la transperça presque avec ses **talons aiguilles**.

Hé hé hééé...

... Pipo renversa sur ma veste de lin un verre d'orangeade...

J'étais furieux !
Pendant que nous attendions les bagages (cela dura plus d'une heure), j'allai au W.-C., mais...

SCOUITTT !

… mon passeport tomba dans les toilettes !
Je ne vous raconte pas ce que je dus faire pour le récupérer.
En sortant, je m'assis sur le tapis roulant et commençai à sangloter, mais c'est alors qu'il se mit en mouvement et…
… ma queue fut prise dans les **engrenages**.
Enfin, ma valise arriva, mais…
… il y en avait sept identiques. Je rattrapai juste à temps une dame qui partait avec la mienne.

Finalement je présentai mon passeport au contrôle, même si...

...ce fut un moment particulièrement embarrassant.

Je sortis de l'aéroport épuisé.

Il faisait nuit noire et j'avais hâte d'arriver à l'hôtel.

En plus, il pleuvait à verse !

Je cherchai le représentant de l'agence

T'AS CONFIANCE OU T'AS PAS CONFIANCE ?

Un rat d'égout à l'air fourbe s'approcha de moi : il brandissait un panneau sur lequel il avait écrit :

bieɲveɲʋe
geRONIGO sTiLTON
T'AS CONFIANCE OU T'AS PAS CONFIANCE ?

Il me demanda :

– Geronigo Stilton ? T'AS CONFIANCE OU T'AS PAS CONFIANCE ?

Je répondis :

– Oui, j'ai confiance, enfin non, je n'ai pas du tout confiance, euh, je voulais dire, oui, c'est moi ! Quoi qu'il en soit, je vous prie de bien vouloir noter que mon nom est Stilton, *Geronimo* Stilton...

Il se gratta les moustaches.

– Ah oui ? Mais là, c'est écrit *Geronigo*...

Je répliquai, en essayant de garder mon calme :

– C'est sûrement une erreur de l'agence de voyage.

Il insista :

– Vous en êtes sûr ?

J'explosai, hors de moi :

– Par mille mimolettes ! Évidemment que j'en suis sûr ! Je sais quand même comment je m'appelle, non ?

Il secoua la tête, en se nettoyant les dents avec un cure-dents.

– Bah, si vous le dites...

Puis je l'interrogeai :

– Mais pourquoi ce déluge ?

Il indiqua le ciel plein de nuages :

– Ah, l'agence ne vous l'a pas dit ? Sur cette île, soit il pleut des cordes, soit il fait une **chaleur infernale**...

Je murmurai entre mes dents :

– Je le savais, *je n'aurais pas dû avoir confiance.*

QUOI QUOI QUOI ?

Le rat d'égout m'accompagna jusqu'à un drôle de chariot à trois roues, tiré par une bicyclette déglinguée. Il la désigna d'un air solennel :

- Et voilà !

Je demandai :

– Et voilà *quoi* ?

Il sourit sous ses moustaches et sortit de sa poche un papier graisseux et poisseux sur lequel il était écrit :

PASSAGER N° 13 : GERONIMO STILTON

TRANSFERT PERSONNALISÉ

Puis il m'expliqua :

– C'est un transfert

« personnalisé », parce qu'il faudra que vous pédaliez « personnellement » ! L'hôtel **LAS TROUARAS** se trouve à dix-huit kilomètres seulement.

Je restai comme une souris abasourdie.

– Quoi quoi quoi ? Je dois pédaler dix-huit kilomètres ? La nuit ? Seul ? Sous la pluie ? En portant mes bagages ? Mais il n'en est pas question ! Je refuse, tenez ! De la manière la plus absolue ! Ou je ne m'appelle plus *Geronimo Stilton* !

Un vrai
trou à rats !

JE PÉDALAIS FURIEUSEMENT DANS LA NUIT

Après dix minutes de protestations inutiles, je pédalais furieusement dans la nuit, trempé jusqu'aux os, en direction de mon hôtel. À cette heure de la nuit, les taxis libres étaient très rares, et plus j'aurais attendu, pire ç'aurait été ! C'est ainsi que j'avais chargé ma valise sur CETTE ABSURDE bécane à trois roues et commencé à pédaler.

Je suivis d'abord la route principale, puis bifurquai sur une route asphaltée, puis dus prendre un petit chemin de terre, qui se transforma bientôt en une sorte de sentier au milieu de la forêt...

Hummm, par mille mimolettes, ça commençait très, **trèèès** mal !
Je pédalais, je pédalais de plus en plus désespérément dans l'obscurité la plus totale.
J'essayais de m'éclairer avec la petite lampe torche accrochée à mon porte-clefs, mais je ne voyais pas le bout de mon museau !
À un moment donné, la roue avant du tricycle heurta un caillou et la charrette se renversa. La valise me tomba sur la queue (qui, vous vous en souvenez peut-être, avait déjà été écrasée par le porteur aux tresses rasta et par le tapis qui transportait les bagages). Je m'écriai dans le noir :

– **Je le savais, je n'aurais pas dû avoir confiance !**
Au même instant, j'entendis une musique LOINTAINE, PORTÉE PAR LE VENT.

Je repris espoir, pédalai encore un quart d'heure et, guidé par la musique, finis par déboucher dans une clairière au milieu de la forêt.

Je vis une pancarte :

LAS TROUARAS

– Enfin ! Je suis sauvé ! murmurai-je, ~~tout content~~.

Mais mon bonheur fut de courte durée.

Je m'approchai et, à la lueur de la torche, je vis
un **TAUDIS DE PLANCHES**
À DEUX ÉTAGES
avec un toit croulant et des carreaux cassés.

Devant la porte, un paillasson criblé de trous.

À la poignée était suspendu un écriteau
« IENVENUE » (il manquait le B).

Je restai comme une souris abasourdie.

LAS TROUARAS ???

Cet hôtel était un vrai *trou à rats* !

... cet hôtel était un vrai trou à rats !

CHAMBRE 313 !

Je garai (si je puis dire) la charrette devant la porte, traînai la valise (*par mille mimolettes*, pourquoi avais-je emporté tous ces vêtements ?) jusqu'au comptoir de la réception. Il n'y avait personne !

Je me jetai sur la sonnette et sonnai, sonnai, sonnai **FURIEUSEMENT** pendant dix bonnes minutes.

Enfin parut une souris dodue, aux épaisses moustaches en guidon de vélo, qu'il retenait avec deux pinces à linge. Il portait un maillot à rayures blanches et jaunes. Il me bâilla au museau et marmonna :

– Ouais ?

Je dis :

– J'ai une réservation ! Mon nom est Stilton, Geronimo Stilton…

Il se gratta la queue.

– Hummm… mais là, moi, je vois écrit : *Geronigo* Stilton… Vous êtes sûr de vous appeler comme ça ?

Ce fut la goutte d'eau qui fit déborder le vase.

Mes moustaches vibrèrent de colère et j'explosai :

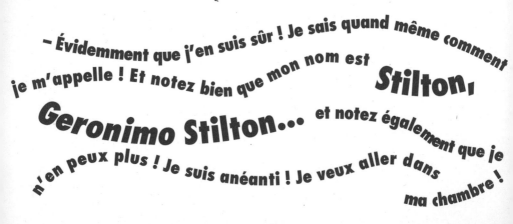

– Évidemment que j'en suis sûr ! Je sais quand même comment je m'appelle ! Et notez bien que mon nom est Stilton, Geronimo Stilton… et notez également que je n'en peux plus ! Je suis anéanti ! Je veux aller dans ma chambre !

Je veux prendre une douche ! Je veux manger quelque chose ! Et je veux qu'on m'appelle Geronimo !

Ge-ro-ni-mo ! G-e-r-o-n-i-m-o !!!

Il me regarda d'un air apitoyé, puis secoua la tête en murmurant :

– Bon, si vous le dites... En tout cas, vous avez bien fait de prendre des vacances, parce que, je ne sais pas ce que ça donne pour le reste, mais votre système nerveux, il est en loques !

Puis il attrapa une clef accrochée à un porte-clefs en forme de tête de chat et me la fourra dans la patte.

– Deuxième étage... Ne cherchez pas l'ascenseur, il n'y en a pas ! À propos, le restaurant est fermé, mais, sur votre table de nuit, vous trouverez (comme il est dit dans la brochure)...

... un délicieux en-cas de bienvenue !

UNE CROÛTE
DE FROMAGE PUANTE

Je montai l'escalier de **BOIS**, en traînant ma valise derrière moi (PAR MILLE MIMOLETTES, pourquoi avais-je emporté tous ces vêtements ?). C'est alors seulement que je m'aperçus qu'on m'avait donné...

... la chambre **313**.

Trois cent *treize* !

BRRR... êtes-vous superstitieux ?

EUH, MOI NON PLUS, MAIS...

J'arrivai devant la porte et l'ouvris.

J'allumai la lumière...

... et je crus que j'allais m'évanouir.

Puis j'essayai de me souvenir de la

Je crus que j'allais m'évanouir…

description de la chambre dans la brochure de l'hôtel :

... chambre à la décoration exclusive...

...vue sur la mer...

... baignoire avec hydromassage « écologique »...

...frigobar privé...

...télévision par satellite réservée...

Au lieu de cela, je découvris :

... une chambre aux murs de **bois vermoulu** peints en **vert lézard**...

... avec vue sur une discothèque de plein air où une centaine de rongeurs déchaînés se tortillaient au rythme d'une musique **INFERNALE**...

... dans la salle de bains, à la place de la baignoire, un baquet de **métal cabossé**...

... pas de frigobar...

... pas de télévision...

Je m'assis sur le lit, mais il était vermoulu lui aussi et s'effondra sous mon poids !

Les draps étaient **TROUÉS**, le matelas avait l'air d'abriter des puces, et le couvre-lit **puait** le pipi de chat.

La moquette était de couleur marron foncé (pour éviter qu'on voie la saleté, j'imagine) ; les serviettes de bain et les draps étaient également marron !

Il y avait une assiette sur la table de nuit…
Dans celle-ci, une tranche de pain rassis et une
croûte **GRAISSEUSE** de fromage où **grouillaient des vers.**

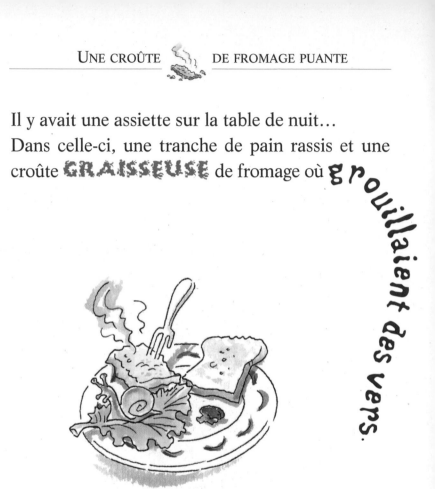

L'assiette était **décorée** avec une
feuille de salade, mais dessus bavait un escargot.
Dans la croûte était plantée une fourchette en

plastique avec une dent **CASSÉE**. À l'origine, il devait y avoir une olive, mais quelqu'un l'avait grignotée et n'avait laissé que le noyau...

Ah, c'était ça, le délicieux en-cas de bienvenue ???

Je m'aperçus que, à côté de l'assiette, était posé un carton poisseux. Je lus à haute voix :

Pour Monsieur Geronigo Stilton
CHAMBRE 313 !

— **Ah bon, Geronigo ?** murmurai-je en m'efforçant de garder mon calme. GERONIGO ??? GERONIGO ???

PAR MILLE MIMOLETTES...

Puis j'ouvris la fenêtre et hurlai :

– Mon nom est Stilton,

Geronimo Stilton !!!

D'un coup, la musique assourdissante se tut et plus de cent rongeurs se tournèrent pour regarder vers moi.

J'entendis des réflexions ahuries :

– Qui c'est, ce NIGAUD ?

– Oh, c'est rien qu'un rongeur DÉRANGÉ...

– Une souris sonnée, sinoque et siphonnée...

– Un cinglé, un zinzin...

– Il doit faire une DÉPRESSION NERVEUSE en bonne et due forme...

– À mon avis, il a attrapé une INSOLATION...

Honteux, comme un voleur, je refermai la fenêtre et tirai les rideaux.

Naturellement, je renonçai à mon repas.
– Mais ce que personne ne m'enlèvera, c'est une bonne douche bien chaude !
Je me savonnai consciencieusement, même les oreilles, puis j'ouvris le robinet.
Il n'en sortit pas une seule goutte !
Complètement **SAVONNÉ**, je me jetai sur le téléphone pour appeler le concierge, mais je découvris que le téléphone n'était pas branché !
Je m'en **ARRACHAI** les moustaches de rage.

– Je le savais, je n'aurais pas dû avoir confiance...
Pendant un instant, j'eus envie d'aller protester en bas, mais j'étais vraiment trop fatigué !
Ainsi, malgré le bruit assourdissant qui montait de la discothèque, je me jetai sur le lit et essayai de trouver le sommeil.

DES CAFARDS
AU PETIT DÉJEUNER

Le lendemain matin, je me réveillai complètement hagard, les yeux en boules de Loto. PAR 1 000 FROMETONS POUR LES GLOUTONS..., non seulement j'avais passé la nuit à me gratter à cause de ces maudites puces, mais, dans la discothèque, les touristes avaient continué à danser jusqu'à cinq heures du matin !

J'aurais voulu faire la grasse matinée, mais, à six heures, une équipe d'ouvriers entra en action avec un marteau piqueur, et c'était encore pire que la musique !

Sans mettre mes lunettes (vous ai-je dit que je suis très myope ?), je me dirigeai vers la salle de bains.

J'allumai la lumière en bâillant. Je clignai des yeux. Je regardai autour de moi et murmurai distraitement :

– BIZARRE, IL ME SEMBLAIT QUE LE CARRELAGE DE LA SALLE DE BAINS ÉTAIT TOUT BLANC, PAS BLANC ET NOIR...

C'est alors que je posai la patte sur un carreau noir. J'entendis comme un craquement, **scroc !** Je fus pris d'un doute

ATROCE.

JE COURUS chercher mes lunettes, les mis sur mon museau et compris que…

… j'avais écrasé un **CAFARD** !

La salle de bains était parsemée de cafards géants, qui trottinaient sur le sol, sur les murs, et même au plafond.

À ce moment, juste à ce moment (mais pourquoi précisément à ce moment ? je me le demande), un cafard tomba du plafond, atterrit dans le col de mon pyjama et trottina dans mon dos. Je poussai un

CRI D'HORREUR

qui réveilla tout l'hôtel.

Dix secondes plus tard, on frappait à ma porte :

– Mais que se passe-t-il ?
– Mais qui est-ce ?
– Qui a hurlé ?
– Toujours ce Stilton, Geronigo Stilton…
– Encore lui ?
– Mais oui, encore ce cerveau en bouillie…
– Ce rongeur à la citrouille creuse, qui est arrivé hier soir…
– Cette souris qui veut à tout prix taper dans l'œil de tout le monde…
– Ah oui, ce rat qui ne pense qu'à se faire remarquer…
– Bon, mais là, il exagère franchement…
– À mon avis, il a attrapé une INSOLATION…
Je me mis la patte devant la bouche, rouge de honte, mais il était trop tard !

ZUT,
ET LA CLEF ?

Je cherchai ma brosse à dents et me souvins que je l'avais laissée dans ma valise !

J'étais si agité et si nerveux que la clef se cassa net dans la serrure. Je m'efforçai d'ouvrir la valise de toutes les manières possibles : je forçai la serrure avec un trombone, puis je tentai de la crocheter avec le couteau que je trouvai sur l'assiette à fromage, puis je voulus me servir comme d'un levier de la barre de fer destinée à l'ouverture des stores...

De plus en plus désespéré, j'essayai de MARTELER la serrure avec la pierre qui servait à caler la porte, puis d'ouvrir la valise en la fracassant contre le mur.

RIEN À FAIRE ! **E**LLE RESTAIT FERMÉE !
J'étais désespéré. Vraiment désespéré.
Je donnai un coup de patte dedans et, sans que je l'eusse voulu, cela la propulsa sur le balcon.
La valise tomba et s'écrasa sur le ciment, deux étages plus bas, avec un **REBOND** impressionnant, mais ne s'ouvrit pas !
J'allai la récupérer, je la remontai dans ma chambre, m'assis dessus et s a n g l o t a i.
Et maintenant ?

JE SUIS BEAU
ET JE LE SAIS !

Je décidai que, avant toute chose, j'allais m'acheter un maillot de bain.

Je cherchai la *boutique* de l'hôtel, dont parlait la brochure.

Je pénétrai dans un réduit croulant et poussiéreux, où un rat à l'air sournois me chicota au museau :

– Vous désirez ?

– Je voudrais un maillot.

D'un geste de la patte, il me désigna un cintre sur lequel était accroché un maillot jaune à rayures violettes, avec deux énormes cœurs en soie brodés, l'un devant et l'autre derrière, de la marque « Je suis beau et je le sais ! ».

Ce maillot était trop grand pour moi.
Je demandai :
– Je préférerais un maillot moins tape-à-l'œil, et aussi plus petit !
L'autre secoua la tête :
– Vous m'avez demandé **UN maillot**... j'ai **UN maillot**.
Je protestai :
– Mais celui-là ne me va pas ! Et puis il ne me plaît pas !
– Ben, s'il ne vous plaît pas, ne le prenez pas.

– Mais j'en ai besoin.
– Alors prenez-le.
– Bon, d'accord. Combien ça coûte ?
– Trois cents gros billets.
– Quooooi ? Mais pourquoi est-ce si cher ?
– C'est le seul maillot que j'aie ! C'est une pièce unique, vous comprenez... répondit-il d'un air fourbe.
Je payai. *Je le savais, je n'aurais pas dû avoir confiance !*

Tout C.D.B.
(COMME DANS
LA BROCHURE)

Je descendis parler au concierge.

Les moustaches **vibrant** d'indignation, je protestai contre sa chambre qui ne correspondait pas à la brochure.

Le concierge m'écouta en ricanant, puis lissa ses grosses moustaches en guidon de vélo et dit :

– Venez, venez avec moi, je vais tout vous expliquer…

Quand nous fûmes dans la chambre, il prit la brochure et commença à lire :

– *… chambre à la décoration exclusive…*

Avez-vous jamais vu une chambre pareille, toute peinte en vert lézard ? Oseriez-vous dire qu'elle n'est pas *unique* en son genre… donc **Tout C.D.B. (Comme Dans la Brochure)** ?

Je protestai :

– Mais que dites-vous de la... *vue sur la mer* ???

Il ricana (je compris que ce n'était pas la première fois que quelqu'un se plaignait).

Il sortit de sa poche une petite paire de jumelles.

– Voilà, si vous vous penchez (il se pencha beaucoup) à la fenêtre, que vous vous courbez sur la gauche, que vous vous tordez le cou et que vous écarquillez les yeux – naturellement en regardant dans les jumelles –, alors vous voyez la mer ! **TOUT C.D.B. (COMME DANS LA BROCHURE).**

J'essayai de garder mon calme :

– Et la... *baignoire avec hydro-massage « écologique »* ???

Il ricana de nouveau.

Il se dirigea vers la salle de bains et désigna le baquet de fer cabossé.

– Voilà la *baignoire*...

Puis il me tendit un batteur à manivelle, comme ceux qu'on emploie pour monter les blancs d'œufs en neige.

– Et voilà l'*hydromassage* !

Il le plongea dans l'eau et fouetta çà et là, soulevant un **NUAGE DE BULLES**.

– Vous avez vu ça ? Y'a pas plus *écologique* !

TOUT C.D.B. (COMME DANS LA BROCHURE).

Je bouillais de colère, mais j'eus la force de me contenir et de demander :

– Et le... *frigobar privé* ??? Et la... *télévision par satellite réservée* ???

Il m'expliqua :

– Le frigobar est *privé* dans le sens où l'hôtel en a été *privé* il y a deux ans, quand on nous l'a volé... et la télévision est *réservée* dans le sens où elle se trouve dans la chambre du directeur et qu'elle lui est *réservée* ! **Tout C.D.B. (comme dans la brochure)**.

Je me mordis la queue de rage et hurlai :

– **la brochure ???** Je me moque de la brochure comme de mon premier poil de moustaches ! J'en ai marre, du dépliant ! Maaarre !

Les voisins cognèrent contre le mur et s'exclamèrent :

– Mais qui c'est, ce CINGLÉ qui braille ?

– Encore ce **Stilton, Geronigo Stilton**...

– Sauf que maintenant, il **exagère,** il **exagère pour de bon**...

– À mon avis, il a attrapé une INSOLATION...

Un croissant caoutchouteux

Pour me consoler, j'allai prendre mon petit déjeuner.

Devant l'hôtel s'était formée **UNE QUEUE INTERMINABLE**.

– Vous avez un numéro ? m'interrogea une souris en bermuda, avec le museau pelé par un coup de soleil.

– Un numéro ? Quel numéro ? demandai-je, effaré.

Elle désigna la file d'attente :

– Un numéro pour faire la queue ! Il suffit de trois heures pour arriver à prendre son petit déjeuner, garanti au fromage !

Je murmurai :

– *Je le savais, je n'aurais pas dû avoir confiance !*

Je pris place dans la file (j'étais mort de faim, je

n'avais rien mangé depuis deux jours). En attendant, je vis un rat qui rôdait avec un plateau chargé de croissants, de thé et de café.

Je craquai (j'avais trop faim) et lui achetai un croissant **caoutchouteux** et une tasse de café qui puait le pipi de chat.

– Ça fait trente gros billets, annonça le gars, *enfin le rat*.

Quoi quoi quoi ? MAIS C'EST DU VOL !

Il sourit sous ses moustaches :

– Ah, vous avez le choix : si vous préférez faire la queue…

Terrassé par la faim, je cédai.

C'EST ENCORE LOIN,
LA PLAGE ?

Je pris le sentier qui conduisait à la plage. Je marchai pendant un quart d'heure, puis une demi-heure, puis une heure sous un soleil cuisant.
J'avais une soif de BÊTE SAUVAGE.
Enfin, j'arrivai à un petit bar délabré. Je demandai au patron :
– C'est encore loin, la plage ?
Il ricana :
– Encore une petite heure (si vous marchez d'un bon pas) et vous y êtes…
Je faillis m'évanouir. Encore une heure ? Je n'y arriverais jamais !
Je décidai de boire une ORANGEADE pour me désaltérer.

Tout en buvant, je jetai un œil sur la liste des prix et blêmis.

Il ricana de nouveau et confirma :

– Ça fait cinquante gros billets… – puis il ajouta, car il connaissait bien ses victimes : Pas de remise ! Et on paie COMPTANT !

Je payai.

– *Je le savais, je n'aurais pas dû avoir confiance.*

Je continuai ma marche sous le soleil cuisant, en me couvrant les oreilles avec ma serviette de plage pour ne pas me *RÔTIR* le crâne.

UNE PATINETTE
AU PRIX DE L'OR

Puis je tombai sur une autre boutique.

Là, un gars, *ou plutôt un rat,* à l'air fourbe, louait des patinettes.

– Euh, combien ça coûte ? demandai-je, méfiant.

– Ne vous inquiétez pas, nous acceptons les cartes de crédit ! dit-il.

JE COMPRIS QUE JE DEVAIS M'INQUIÉTER.

Et pas qu'un peu ! Ces patinettes étaient au prix de l'or...

Après avoir payé (je ne vous dis pas combien, vous ne me croiriez pas), je poursuivis en direction de la plage et arrivai enfin au bord de la mer. J'avais la langue pendante à cause de la chaleur, de la soif et de la longue route sur la patinette. J'avais le museau grillé par le soleil...

Un maître nageur **gros** comme une armoire à glace m'accueillit. Il portait un *minuscule slip de bain jaune* et un maillot sur lequel était écrit **"Las Ratayas Marinas"**.

Sur son crâne, son pelage enduit de gel BRILLAIT au soleil ; il avait autour du cou une ÉPAISSE CHAÎNETTE avec un médaillon en forme de tête de chat ainsi qu'un bracelet au poignet.

Sur le biceps droit, il avait un tatouage avec un cœur et l'inscription :

Romantiquement à toi, Truc.

Sur le biceps gauche, il s'était fait tatouer un poème : *Le sable est blanc, la mer est bleue... mais dans mon cœur il n'y a que tes yeux !*

Je demandai :

– Euh, c'est vous, le maître nageur ?

Il chicota :

– Ouais, je suis **TRUC TRUQUIN**.

Il raya mon nom sur une longue liste.

Las Ratayas Marinas

TRUC TRUQUIN

– Hummm, c'est vous, Geronigo Stilton, pas vrai ? On vous attendait…

– Geronimo, pas Geronigo ! dis-je.

Il marmonna :

– Hummm… pourtant, ici, c'est écrit : Geronigo Stilton… Vous êtes sûr de vous appeler comme ça ?

J'étais trop fatigué pour protester et murmurai, d'une voix mourante :

– Mon nom est Stilton, Geronimo Stilton…

Il **bredouilla** en se grattant la queue :

– Bah, si vous y tenez…

... TIOOON !
... QUIIINS !

Truc m'accompagna jusqu'à un parasol sur lequel était accrochée une étiquette avec ces mots :

313 - GERONIGO STILTON !

J'étais tellement épuisé que je fis comme si je n'avais rien remarqué, pour ne pas avoir à protester une fois de plus.
Mon voisin de gauche était un rat d'égout qui écoutait sa radio au volume **MAXIMUM,** et mon voisin de droite était Pipo, le souriceau affreux jojo qui était assis à côté de moi dans l'avion.

Je m'installai sous mon parasol…

Et les chaises longues étaient très, trèèès rapprochées ! Par curiosité, je mesurai la distance qui les séparait : six centimètres et demi !

Truc repartit.

Pendant qu'il s'éloignait, il me cria quelque chose que je ne compris pas, à cause de la musique.

– **... tiooon !**

– Quoi ? Je ne comprends pas ! criai-je.

– **... quins !**

Je n'eus pas le temps d'essayer de deviner, car, soudain, je reçus un seau d'eau glacée en plein museau.

Je me retournai : c'était Pipo !

Sa maman sourit et murmura :

– Il est *très joueur*, hein ?

Je marmonnai entre mes dents :

– Ouais, vraiment très joueur...

BLANC COMME UN CAMEMBERT

Je feignis de dormir, tandis que Pipo me harcelait de questions :

– Pourquoi le soleil, il est **CHAUD** ? Pourquoi l'eau, elle est **MOUILLÉE** ? Pourquoi le sable, il **BRÛLE** ? Pourquoi le maître nageur, il est musclé ? Pourquoi je peux pas aller me baigner tout seul ? Pourquoi je dois mettre de la **CRÈME SOLAIRE** ?

Je n'en savais rien, mais il insistait :

– Pourquoi le pédalo, ça coûte cinquante gros billets ? Pourquoi hier il pleuvait et aujourd'hui le soleil brille ? Pourquoi ce monsieur, il pèle ? Pourquoi tu as ce maillot de bain ridicule ? Pourquoi tu es blanc comme un camembert ?

Pendant ce temps, le rat d'égout sur ma gauche rythmait la musique de la patte, en soulevant des tourbillons de sable.

Je demandai poliment :

– Excusez-moi, euh, pourriez-vous éviter de me lancer du sable ?

Il chicota :

– À TABLE ? C'est déjà l'heure de passer à table ?

J'insistai :

– Le sable !

Il hurla :

– Quoiii ? Un SABRE ? C'est dangereux d'avoir un sabre à la plage !

Je hurlai à mon tour :

– Du sable ! Du saaaable !

– Une fable ? Vous voulez que je vous raconte une fable ?

J'éteignis sa radio et hurlai de toutes mes forces :

– Sable ! Saaable ! S-a-b-l-e !

SAAAAAAAAAAAAAAAABLE

Dans le silence général, je jetai un coup d'œil autour de moi et vis que tous les baigneurs me regardaient, effarés.

J'entendis leurs commentaires :

– Encore lui ?

– Oui, toujours lui, ce Geronigo Stilton !

– Mais alors, c'est une vraie maladie !

– Il faut toujours qu'il se fasse remarquer...

– Il ne peut pas rester tranquille une seconde...

– Mais quelle honte...

– À mon avis, il a attrapé une INSOLATION...

Écarlate, je me réfugiai sous mon parasol, en tentant de me cacher derrière un journal. Puis je compris que j'étais en train de cuire. Il fallait que je me protège avec de la crème solaire et je décidai d'en acheter un

tube : justement, un vendeur ambulant passait. Il me tendit un tube microscopique de crème solaire protection **90** et chicota, d'un air de connaisseur :
– Pour vous, il faut de la **90**, vous êtes plus blanc qu'une boule de mozzarella ! Ça fait cent quarante gros billets.

Je protestai :
– Cent quarante ? Mais c'est du vol !
Il ricana :
– C'est à prendre ou à laisser !
Mes moustaches se tortillaient de rage, mais je payai !
Pendant que le vendeur me rendait la monnaie, je remarquai qu'il portait au poignet une montre en or dont le cadran était incrusté de diamants.

PAS ÉTONNANT, AVEC DES PRIX PAREILS !

JE VOUS AVAIS POURTANT PRÉVENU…

Je décidai d'aller nager un peu. Je remarquai qu'il n'y avait personne dans l'eau et je m'en réjouis :

– **Fantastique !**

Je mis mes palmes, mon bonnet, mes bouchons pour les oreilles et je me jetai à l'eau. Je commençai à nager vigoureusement vers le large. À un moment donné, je vis qu'un canot pneumatique avait quitté le rivage et me suivait. Le maître nageur faisait de grands gestes en criant quelque chose que je ne comprenais pas. J'imaginai qu'il me saluait. Comme c'était gentil ! Moi aussi, j'agitai la patte en souriant et je recommençai à nager. Mais il insistait… J'enlevai les bouchons de mes oreilles et, tandis que le canot pneumatique s'approchait de plus en plus près, j'entendis cette fois Truc crier :

– ... tiooon ... quiiins !

– Quoi ? hurlai-je.

– ATTENTION AUX REQUINS !

À ce moment précis, je remarquai un aileron noir et luisant qui se dirigeait vers moi à toute vitesse. Un REQUIN !

Un frisson HÉRISSA mon pelage. EN DIX SECONDES ET DEMIE (je ne savais pas que je pouvais être aussi rapide !), je rejoignis le canot pneumatique et, une seconde plus tard, montai à bord ! Truc me ramena à terre en secouant la tête.

– Je vous avais pourtant prévenu de faire attention aux requins !

Lorsque je regagnai le rivage, tous les baigneurs me regardaient.

Et les commentaires repartirent :

– Encore lui, encore ce Geronigo Stilton !

– Pour se faire remarquer, il est même prêt à aller nager au milieu des requins !

– Tu avais raison, c'est une maladie !

– À mon avis, il a attrapé une insolation…

Quelle honte ! **SUR LA POINTE DES PATTES**, je me faufilai entre les parasols.

5 HEURES 30 :
SAUT À L'ÉLASTIQUE

La journée avait été horrible.

Ce soir-là, je me jetai au lit épuisé.

– Demain matin, je dors jusqu'à midi ! décidai-je. Au moins, je me reposerai. Je suis en vacances, après tout ! D'ailleurs, j'ai bien l'impression que je ne quitterai pas mon lit de toute la journée.

Je sombrai dans un sommeil agité. La musique de la discothèque me **RÉSONNAIT** dans les tympans…

Hélas, vers cinq heures du matin, quelqu'un me réveilla en frappant à la porte.

– Scouittt ! Qui est-ce ? marmonnai-je, à moitié endormi.

– **Debout, Geronigo ! C'est l'heure !** chicota une voix depuis le couloir.

J'allai ouvrir.

Un gars, *enfin un rat*, très musclé me donna une pichenette sur l'oreille.

– Qu'est-ce que tu fais encore au lit, Geronigo ? Tu as oublié que tu t'es inscrit au *saut à l'élastique*, ce matin ?

Je ne comprenais pas.

– **Quoi ?** Mais je…

Il ricana et me colla sous le museau un papier où il était écrit…

5 H 30 : SAUT À L'ÉLASTIQUE – GERONIGO
    STILTON
7 H 30 : DELTAPLANE – GERONIGO STILTON
11 H 30 : PLONGÉE SOUS-MARINE – GERONIGO
    STILTON
12 H 30 : TIR À L'ARC – GERONIGO STILTON
14 H : PARACHUTISME (CHUTE LIBRE) – GERO-
    NIGO STILTON
16 H : PÊCHE AU GROS (AVEC CHASSE AU
    REQUIN) – GERONIGO STILTON
19 H : GRIMPE LIBRE – GERONIGO STILTON

Le rat très **MUSCLÉ** me donna une autre pichenette sur l'oreille.

– Geronigo, je suis le R.T.L. (Responsable Temps Libre). Tu ne pourras plus dire que tu as oublié, désormais, hein !

Encore sous le choc, j'essayai de répliquer :

– Mon nom est Stilton, *Geronimo* Stilton…

Il ricana encore, en brandissant le papier :
– Gros farceur ! Là-dessus, il y a écrit Geronigo…
Puis il me gronda :
– **Assez perdu de temps, Geronigo. Prépare-toi, la journée va être longue ! Alors, tu es prêt, Geronigo ?**
J'essayai de m'expliquer, mais il montra mon nom sur le papier. Puis il me donna une **pichenette** sur le museau :
– Allez, ne joue pas au timide, Geronigo ! Tu vas voir comme tu t'amuseras !
Je ne voulais absolument, absolument, absolument pas y aller, mais je commis l'erreur de mettre une patte hors de la chambre et il en profita pour fermer la porte dans mon dos.
– Maintenant, tu es enfermé à l'extérieur ! Tu ne peux plus rentrer ! Et tu vas venir avec moi.
Il me traîna dehors.

J'AI LES MOUSTACHES QUI TREMBLENT...

Dès lors, ce fut comme un cauchemar, un cauchemar sans fin...
Je me jetai (ou l'on me poussa ?) du haut d'une plate-forme, simplement attaché par la cheville à un élastique...
Puis je fus obligé de monter sur un deltaplane, et je m'élançai (ou l'on me poussa ?) du haut d'un précipice...
Puis je plongeai (ou l'on me poussa ?) dans l'eau avec des bouteilles d'oxygène et un respirateur, mais je n'avais pas compris

que leur poids m'entraînerait au fond, à 150 mètres de profondeur…

Enfin, je fus forcé de me jeter dans le vide en parachute…

Je partis chasser le  REQUIN à bord d'un hors-bord ; vous ai-je déjà dit que j'ai facilement

le mal de mer ?

Pour finir, je fus obligé de prendre un cours de *grimpe*

libre ; si je ne vous l'ai pas encore dit, sachez que je suis aussi sujet au vertige...
Je me demande comment je pus revenir vivant d'une pareille journée.
De retour à l'hôtel,

mes moustaches tremblaient
mes moustaches tremblaient
mes moustaches tremblaient de stress.

En passant devant le concierge, je remarquai que Pipo était en train d'écrire quelque chose sur un tableau avec un stylo rouge. Je compris que c'était mon nom qu'il notait en face d'une foule de nouvelles ACTIVITÉS SPOR-TIVES DANGEREUSES pour le lendemain ! J'allais lui dire ses quatre vérités, mais, à ce moment, sa mère arriva. Elle lui retira le stylo des pattes, lui fit une petite caresse sur les oreilles et murmura à mon intention :

— Vous ne trouvez pas qu'il est plein d'humour, mon Pipo ?

Pipo s'éloigna en donnant la patte à sa mère, mais il eut le culot de se retourner et de me faire une **grimace !**

UN COULIS
DE MOLLUSQUES

J'allai faire la queue pour le dîner.

Une souris à l'air intellectuel s'approcha de moi et m'offrit un verre.

– Salut, je suis la R.T.N. (Responsable des Thérapies Naturelles). Voici un apéritif biologique offert par l'hôtel ! Je t'informe que demain, à six heures, tu peux méditer sur la plage ; à sept heures, tu peux prendre un bain de boue dans les marécages à côté ; à huit heures, un bain de sable...

– Euh, merci ! Je vais réfléchir ! dis-je.

J'allais boire l'apéritif quand je m'aperçus qu'il avait une **ODEUR ATROCE.**

– Mais qu'est-ce que c'est ?

– Du coulis de mollusques ! répondit-elle. C'est riche en **phosphore, sélénium, calcium, magnésium et...**

Je fis semblant de goûter, mais dès qu'elle eut le dos tourné, j'essayai de vider mon verre dans un vase de fleurs.

Hélas, elle se retourna brusquement et me gronda :

– Ah ah ! Petit coquin, il faut tout boire, c'est bon pour toi, tu sais !

– Euh, merci, mais…

Elle chicota, menaçante :

– Bois, c'est bon pour toi !

Je criai :

– Je ne veux pas ! Ça ne me plaît pas ! ÇA PUE !

Elle insista :

– Attention, je vais le dire à ton agence de voyage !

Je hurlai :

– JE NE BOIRAI PAS ÇA ! ÇA PUUUUUE !

Tous les rongeurs se retournèrent et les commentaires repartirent :

– Qui pousse de tels cris ?

– Ça doit encore être Geronigo Stilton…

– Oui, c'est lui !

– À mon avis, il a attrapé une insolation…

PAR MILLE MIMOLETTES…

Je décidai de passer le troisième jour à dormir dans ma chambre. Personne, je dis bien personne, ne pourrait m'obliger à me lever avant midi, *garanti au fromage* !

Mais, à six heures du matin, on frappa à ma porte.

– QUI C'EST, ENCORE ? demandai-je, exaspéré.

– Comment ça, qui c'est ? C'est le concierge ! Vous avez oublié que vous devez partir, Geronigo. D'ailleurs, vous êtes en retard ! Vous allez rater votre avion !

Je courus ouvrir, **hagard**.

– Je dois partir ? Mais j'ai réservé (et payé) pour une semaine !

– Votre agence, T'AS CONFIANCE OU T'AS PAS CONFIANCE ?, a réservé pour deux jours !

C'est écrit là, en
toutes lettres, noir
sur blanc :
Je restai comme une
souris abasourdie.

> Geronigo Stilton :
> réservation pour deux nuits.

– Mais ça doit être une erreur ! C'est impossible !
– Allez allez allez, ils disent tous ça, avouez plutôt que vous n'avez pas entendu votre réveil,
gros paresseux, allez, vite, il est tard, ouste, vous
êtes prêt pour le transfert, il y a dix-huit kilomètres jusqu'à l'aéroport, vous ne voulez
tout de même pas rater votre avion,
hein ? Le prochain ne décollera que
dans un mois...

Miraculeusement, à l'idée de rester
un mois de plus à Puerto Patraco, je
retrouvai mes forces. J'attrapai ma
valise, sautai sur la bécane à trois roues et
me mis à pédaler.

Je pédalai longtemps, très **longtemps.**

Je me demande encore comment je fis pour attraper l'avion au vol. Une fois à bord, je poussai un soupir de soulagement et m'endormis, ÉPUISÉ.

Quand, enfin, nous atterrîmes à Sourisia, l'hôtesse me réveilla avec un sourire :

– Monsieur Geronigo, nous sommes arrivés !

Je murmurai en bâillant :

– Euh, mon nom est Stilton, Geronimo Stilton...

Je passai la douane, hélai un taxi et ordonnai au chauffeur :

– Conduisez-moi à l'agence T'AS CONFIANCE OU T'AS PAS CONFIANCE ? 54, rue Pigouille ! Je vais dire ses quatre, ou ses huit, ou ses seize vérités au Fripouillon Fripouillery !

Le taxi s'arrêta devant l'agence.

Je descendis, mais une surprise m'attendait. Une affichette était collée sur le rideau de fer abaissé :

> ## FERMÉ POUR LES VACANCES
>
> JE SUIS PARTI EN VACANCES, JE RENTRE POUR NOËL
> (PEUT-ÊTRE)
> FRIPOUILLON FRIPOUILLERY
> EN CAS D'URGENCE, S'ADRESSER À MON ASSOCIÉ, TRAQUENARD

Soudain, j'eus une intuition.

– Ah bon, Traquenard ? Ils étaient associés… Je comprends pourquoi il m'a emmené chez Fripouillon !

Je me précipitai chez mon cousin.

Sur sa porte, il y avait une autre affichette :

> FERMÉ, ARCHIFERMÉ, JE NE SUIS PAS LÀ, PIGÉ ? MOI AUSSI, JE SUIS PARTI EN VACANCES, MAIS DANS UN ENDROIT TRÈS BEAU, MAGNIFIQUE, PAS DANS UN TROU À RATS, COMME MON COUSIN, CE BENÊT DE GERONIMO…

PLEURER DE RIRE !

J'allai au bureau et je me défoulai en racontant à ma sœur Téa ce qui m'était arrivé.

– Tu as vraiment nagé au milieu des requins ? Et tu as fait du *saut à l'élastique* ? Raconte-moi encore l'histoire de la patinette payée au prix de l'or...

J'étais un peu vexé, mais elle continuait à **rire comme une baleine :**

– Je ne me suis jamais autant amusée de ma vie ! Il y avait vraiment un maître nageur qui s'appelait Truc Truquin ? Et tu as vraiment dû pédaler pendant dix-huit kilomètres ?

Téa ne pouvait pas se retenir de rire.

C'est bien connu : le rire, c'est contagieux.
C'est ainsi que je me mis à ricaner moi aussi,
parce que, en y repensant, ce qui m'était arrivé
était très, très drôle...
Tous mes collaborateurs entrèrent : ma secré-
taire, Sourisette, la rédactrice en chef, Chantilly
Kashmir, mes graphistes,
Margarita Gingermouse
et Quesita de la Pampa... elles
riaient toutes à perdre haleine.
Et les dessinateurs Blasco
Tabasco et Larry Keys rigolaient
eux aussi ! Et l'homme de ménage se
bidonnait également, et même le facteur du Pony Express qui nous
livrait un paquet... Comme on
entendait nos éclats de rire dans la
RUE, les passants commencèrent à rire à
leur tour, et ils voulaient à tout prix connaître

C'est alors qu'entra mon directeur commercial, Sourigon...

les détails de ces incroyables, inénarrables, indescriptibles, inimaginables vacances...

C'est alors qu'entra mon directeur commercial, Sourigon.

Vous le connaissez ?

C'est un rongeur au crâne lisse comme une bille de billard et aux petites lunettes d'intello. Il renifla la bonne affaire et chicota, les larmes aux yeux tellement il avait ri :

– Stilton, écrivez **TOUT DE SUITE** un livre sur cette aventure, c'est très fort, *à la fin des fins* on en vendra des milliers, des millions, des milliards d'exemplaires, *on va faire sauter la baraque*, croyez-moi, *c'est une affaire qui marche*, l'humour fait vendre !

Je voulais prendre le temps d'y réfléchir, mais (comme à son habitude) il m'engloutit sous une avalanche de mots :

– Au travail, Stilton, vous me le finissez pour quand, ce livre, j'ai besoin que ça sorte pour les

cadeaux de Noël, donc il faut l'imprimer en octobre, avoir les films en septembre, c'est-à-dire que je devrai avoir le texte dans une petite semaine, que dis-je ? avant même, après-demain, ce serait bien, mais demain serait mieux, Stilton vous n'êtes pas déja en train d'écrire ? *À la fin des fins* on va faire *sauter la baraque*, je suis prêt à parier mes poils de moustaches ! *Allez, il faut bien vendre quelque chose !!!*
Ils étaient tous d'accord avec lui.
J'essayai de protester, mais Sourigon m'enferma à clef dans un bureau pour que je passe la journée et la nuit à écrire à l'ordinateur. Vous voulez savoir comment ça s'est terminé ? Je finis d'écrire le livre en un clin d'œil, deux mois plus tard on en avait

fait un scénario, six mois après le film battait tous les records d'entrée dans tous les cinémas de Sourisia.

Bref, **ON TRIOMPHE ASSOURISSANT !**

Savez-vous comment ça s'intitulait ?

Vous l'avez compris : ça s'intitulait...

Drôles de vacances pour Geronimo !

TABLE DES MATIÈRES

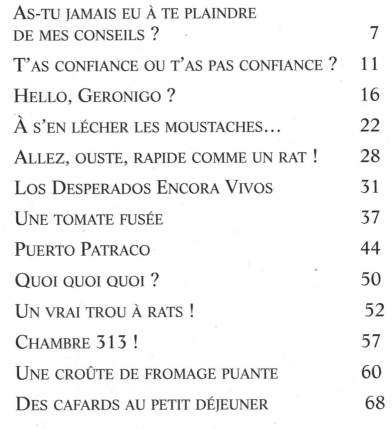

Geronimo Stilton

DANS LA MÊME COLLECTION

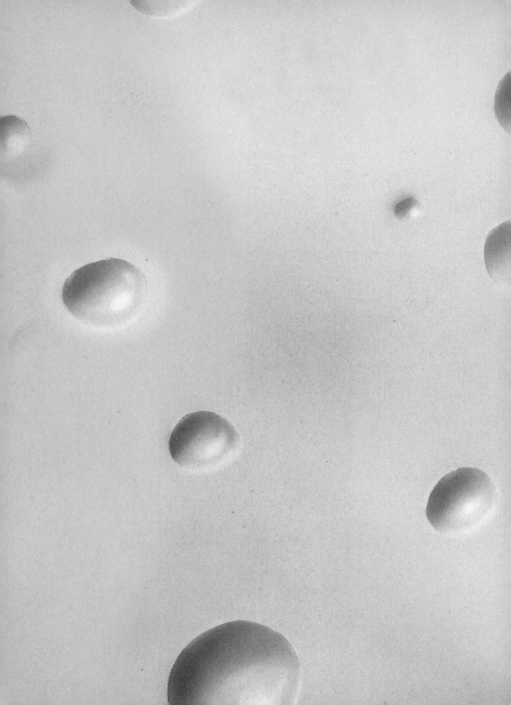

L'Écho du rongeur

1. Entrée
2. Imprimerie (où l'on imprime les livres et le journal)
3. Administration
4. Rédaction (où travaillent les rédacteurs, les maquettistes
   et les illustrateurs)
5. Bureau de Geronimo Stilton
6. Piste d'atterrissage pour hélicoptère

Sourisia, la ville des Souris

1. Zone industrielle de Sourisia
2. Usine de fromages
3. Aéroport
4. Télévision et radio
5. Marché aux fromages
6. Marché aux poissons
7. Hôtel de ville
8. Château de Snobinailles
9. Sept collines de Sourisia
10. Gare
11. Centre commercial
12. Cinéma
13. Gymnase
14. Salle de concert
15. Place de la Pierre-qui-Chante
16. Théâtre Tortillon
17. Grand Hôtel
18. Hôpital
19. Jardin botanique
20. Bazar des Puces qui boitent
21. Parking
22. Musée d'art moderne
23. Université et bibliothèque
24. La Gazette du rat
25. L'Écho du rongeur
26. Maison de Traquenard
27. Quartier de la mode
28. Restaurant du Fromage d'Or
29. Centre pour la Protection de la mer et de l'environnement
30. Capitainerie du port
31. Stade
32. Terrain de golf
33. Piscine
34. Tennis
35. Parc d'attractions
36. Maison de Geronimo Stilton
37. Quartier des antiquaires
38. Librairie
39. Chantiers navals
40. Maison de Téa
41. Port
42. Phare
43. Statue de la Liberté

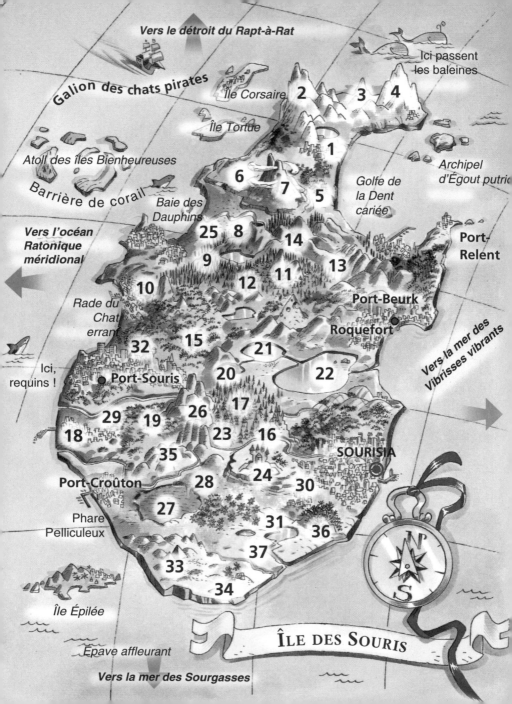

Île des Souris

1. Grand Lac de glace
2. Pic de la Fourrure gelée
3. Pic du Tienvoiladéglaçons
4. Pic du Chteracontpacequilfaifroid
5. Sourikistan
6. Transourisie
7. Pic du Vampire
8. Volcan Souricifer
9. Lac de Soufre
10. Col du Chat Las
11. Pic du Putois
12. Forêt-Obscure
13. Vallée des Vampires vaniteux
14. Pic du Frisson
15. Col de la Ligne d'Ombre
16. Castel Radin
17. Parc national pour la défense de la nature
18. Las Ratayas Marinas
19. Forêt des Fossiles
20. Lac Lac
21. Lac Lac Lac
22. Lac Laclaclac
23. Roc Beaufort
24. Château de Moustimiaou
25. Vallée des Séquoias géants
26. Fontaine de Fondue
27. Marais sulfureux
28. Geyser
29. Vallée des Rats
30. Vallée Radégoûtante
31. Marais des Moustiques
32. Castel Comté
33. Désert du Souhara
34. Oasis du Chameau crachoteur
35. Pointe Cabochon
36. Jungle-Noire
37. Rio Mosquito

Au revoir, chers amis rongeurs, et à bientôt
pour de nouvelles aventures.
Des aventures au poil, parole de Stilton, de…

Geronimo Stilton